벽을 타는 생쥐

바타

별숲 동화마을 60

벽을 타는 생쥐 바타

초판 1쇄 인쇄 2025년 1월 3일 | 초판 1쇄 발행 2025년 1월 10일

지은이 김두를빛 | **그린이** 손지희 | **펴낸이** 방일권

펴낸곳 별숲 | **출판신고** 2010년 6월 17일 | **주소** 경기도 파주시 광인사길 115, 203호

전화 031-945-7980 | **팩스** 02-6209-7980 | **전자우편** everlys@naver.com

© 김두를빛, 손지희 2025

ISBN 979-11-92370-78-1 74800
ISBN 978-89-97798-01-8 (세트)

• 이 도서는 2024년도 한국문화예술위원회 아르코문학창작기금(문학 창작산실) 사업에 선정되어 발간되었습니다.

벽을 타는 생쥐

바타

김두를빛 장편동화
손지희 그림

별숲

남들 눈에 의미 없어 보이는 일로
오늘도 끙끙거리는 어린이가 있다면
잘하고 있다고, 힘내라고 응원해 주고 싶습니다.

_김두를빛

차례

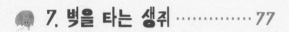

1. 첫눈

목련아파트 202동 지하에 사는 생쥐 부부의 열세 번째 아들이 탐험가를 만난 건 그날 내린 눈 때문이었다. 하얀 눈송이가 소복소복 내리는 것을 본 열세 번째 아들의 가슴은 어느 때보다 빠르게 뛰었다. 며칠 전에 아빠가 눈이라고 했던 진눈깨비는 이름만 눈일 뿐 비에 가까웠다. 그러니까 제대로 된 눈을 본 건 그날이 처음인 셈이었다.

열세 번째 아들은 눈을 동그랗게 뜨고 눈 오는 풍경을 하염없이 바라보았다. 춤을 추듯 건들거리며 내려오다가 자동차 위에, 나무 위에, 땅 위에 사뿐히 내려앉는 눈은 아무리 봐도 질리지 않았다. 그러다 문득 궁금한 생각이 들어

혼잣말을 했다.

"눈을 밟으면 어떤 기분일까?"

"차가워."

기다렸다는 듯 아빠가 뒤에서 냉큼 대답했다.

"'앗, 차거!' 하면서 폴짝 뛰고 싶을 만큼이지."

이번에는 엄마였다.

"어허, 그만큼은 아니지."

"당신 발은 어른 발이니까 그렇고."

아빠랑 옥신각신하던 엄마가 슬쩍 열세 번째 아들의 마음을 떠보았다.

"왜, 밟아 보고 싶어?"

"네." 하고 대답하기도 전에 아빠가 끼어들었다.

"안 되는 거 알지? 어린 쥐한테 바깥세상은 위험하단다. 아빠 엄마도 밤이 돼서야 나가잖아."

열세 번째 아들은 자식들 중에서도 유난히 호기심이 많았다. 저희들끼리 모여서 꼼지락거리며 놀고 있는 다른 자식들과는 달리, 하루 종일 창가에 매달려서 눈 오는 풍경을 보는 것만 봐도 알 수 있었다. 하여튼 골칫덩어리라니까, 아빠는 속으로 이렇게 생각하며 말을 이었다.

"우리 열세 번째 아들은 똑똑해서 엄마 아빠가 무슨 말 하는지 잘 알 거야. 그치?"

아빠는 엄마를 향해 찡긋 웃어 보였다. 하지만 곧 어젯밤에 '우리는 왜 하나같이 바보 같은 자식들만 낳았을까?' 하면서 부부 싸움을 했던 일이 떠올라 얼른 입을 다물었다.

아빠가 멋쩍은 얼굴로 중얼거렸다.

"그러니까 자식 교육을 잘 시켜야 한다니까. 쓸데없는 생각은 아예 하지도 못하게……. 응?"

엄마가 콧방귀를 뀌더니 쾌활한 목소리로 말했다.

"어머나, 낮잠 잘 시간이 됐네. 애들아, 이리이리 모여라. 엄마랑 꿈나라로 가자꾸나!"

첫째부터 막내까지 흩어져 놀고 있던 새끼 쥐들이 엄마 품으로 쪼르르 모여들었다. 열세 번째 아들은 여전히 꿈쩍도 않고 창밖을 보고 있었다.

열세 번째 아들은 "앗, 차거!" 하면서 눈밭을 폴짝폴짝 뛰어다녔다. 자동차가 지나간 길을 따라 발을 굴리다가, 놀이터 한가운데에 있는 미끄럼틀 위로 쪼르르 올라갔다. 그리고 공중으로 휙 몸을 날렸다. 가뿐하게 휘리릭 몇 바퀴를 돌고 나서 눈밭에 착지한 순간…… 누가 옆에서 말을

걸었다.

"뭘 그렇게 봐?"

언제 왔는지 엄마가 열세 번째 아들을 빤히 보고 있었다. 꿈나라 대신 상상의 나라에 가 있던 아들은 엄마한테 몸을 기댔다.

"세상이 너무나 멋져 보여서."

엄마는 방금까지 열세 번째 아들의 시선이 머물렀던 창밖으로 눈길을 돌렸다.

"그래, 세상은 멋진 곳이지. 위험하기도 하고……."

눈이 내리는 날에는 누구나 평소와는 조금씩 달라지는 모양이다. 눈 내리는 풍경을 처음으로 본 열세 번째 아들도 그랬다. 너무 많은 선물을 한꺼번에 받은 것처럼 가슴이 두근거렸다. 열세 번째 아들은 호탕한 목소리로 말을 이었다.

"엄마, 내가 크면 엄마 아빠한테 효도할게요!"

왜 그랬는지 모르지만, 그 순간 열세 번째 아들은 진심으로 그렇게 말했다. 엄마가 "아이구, 우리 아들!" 하면서 기뻐해 주길 기대하며 열세 번째 아들은 잠자코 있었다.

"그럴 필요 없단다. 너 자신을 위해서 살아."

열세 번째 아들은 놀라서 엄마 얼굴을 살폈다. 엄마가 단호한 목소리로 말했다.

"엄마 품에서 잘 지내다가, 때가 되면 새처럼 훨훨 날아가. 그게 엄마가 바라는 거란다."

저 멀리, 창밖으로 시선을 돌린 엄마도 그랬다. 목소리도 눈빛도 여느 때와 달라 보였다. 열세 번째 아들은 괜히 어깃장을 부리고 싶어서 투덜거렸다.

"난, 새가 아닌걸."

엄마가 열세 번째 아들을 끌어안으며 귀에 대고 작게 말했다.

"새가 아니어도 날 수 있어……."

열세 번째 아들은 살며시 눈을 떴다. 쿨쿨, 콜콜, 쌔액쌔액……. 가족들은 모두 깊은 잠에 빠져 있었다. 그 순간, 열세 번째 아들의 마음속에서 들뜬 목소리가 들려왔다.

'지금이 기회야!'

하지만 곧 의심 가득한 다른 목소리도 들렸다.

'꼭 지금이어야 하니? 기회는 내일도 있고 모레도 있을 거야.'

'하지만 그땐 첫눈이 없잖아…….'

열세 번째 아들은 당장 밖으로 나가고 싶어서 발바닥이 근질근질했다. 더 생각해 볼 것도 없었다. 열세 번째 아들은 꼭 붙어서 자고 있는 가족들을 뒤로하고 살금살금 밖으로 나왔다.

생각보다 춥지 않았다. 조금 쌀쌀한 정도였다. 열세 번째 아들은 재빠르게 계단을 올랐다. 곧 평평한 땅이 눈앞에 나타났다. 서너 발자국 앞에 하얀 눈이 소복하게 쌓여 있었다. 열세 번째 아들은 삐죽 고개를 내밀어 주변을 살폈다.

아무도 없었다. 열세 번째 아들은 심호흡을 하고 나서 앞발 하나를 들어 올렸다. 그리고 착, 누구도 밟지 않는 땅 위로 첫발을 내디뎠다. 부드러우면서도 차가운 감촉이 발바닥을 타고 올라왔다. 그 뒤부터는 쉬웠다. "앗, 차거!" 하면서 폴짝폴짝 뛰기만 하면 되었으니까 말이다.

하얀 눈밭에 찍힌 발자국이 열세 번째 아들 뒤를 따라왔다. 고요한 눈 세상에 혼자만 있는 것 같았다.

"히히힉, 히힉!"

괜히 웃음이 났다. 열세 번째 아들은 한참 동안 발자국으로 그림을 그리다가, 푹신해 보이는 눈밭 위로 다이빙을

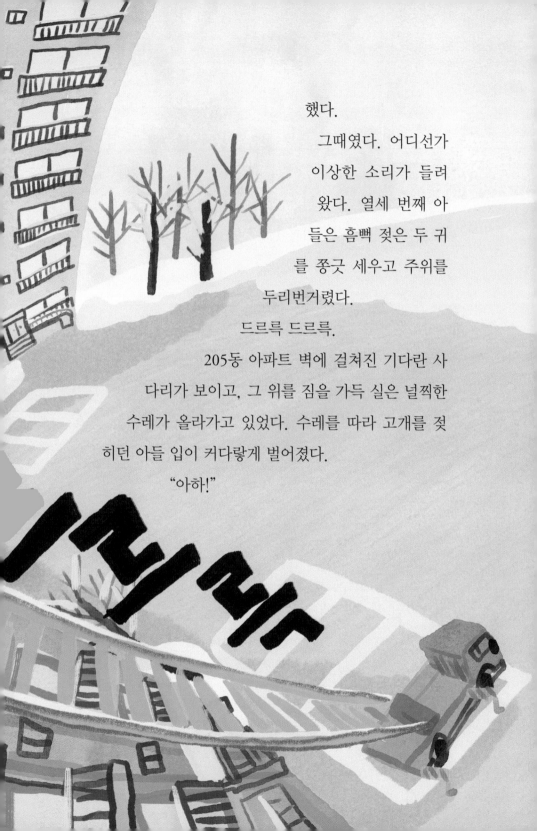

했다.

그때였다. 어디선가 이상한 소리가 들려 왔다. 열세 번째 아들은 흠뻑 젖은 두 귀를 쫑긋 세우고 주위를 두리번거렸다.

드르륵 드르륵.

205동 아파트 벽에 걸쳐진 기다란 사다리가 보이고, 그 위를 짐을 가득 실은 널찍한 수레가 올라가고 있었다. 수레를 따라 고개를 젖히던 아들 입이 커다랗게 벌어졌다.

"아하!"

참으로 놀라운 광경이 아닐 수 없었다. 지금껏 생각해 본 적도, 상상해 본 적도 없는 방향, '위'를 향해 가다니! 순간 열세 번째 아들의 몸 안에서 뭔가가 꿈틀하고 움직였다.

두려움 같은 건 이미 눈밭에 날려 버린 지 오래였다. 열세 번째 아들은 사다리를 더 가까이에서 보고 싶어서 전속력으로 205동을 향해 달렸다.

"으악!"

방향을 틀어 달리는 것과 동시에 왼쪽 뒷다리를 감싸고 털썩 주저앉았다.

쥐였다. 최악이었다. 쥐한테 쥐가 나다니. 열세 번째 아들은 뒷다리를 달달 떨었다. 조상 대대로 내려오는 쥐 퇴치법이었다. 하지만 찌릿찌릿하기만 할 뿐 아무 소용이 없었다.

인간 아이들이 시끄럽게 떠들면서 몰려오는 것이 보였다. 아이들은 하나같이 검은색 이불을 둘둘 말아 무릎 아래까지 덮고 있었다. 얼른 달아나야 하는데, 하면서 어기적거리던 열세 번째 아들은 무심코 고개를 돌렸다가 아이 하나랑 눈이 마주쳤다. 열세 번째 아들은 흠칫 놀라 눈밭에 발딱 드러누웠다.

"쥐다!"

그래 쥐다. 쥐 처음 보냐. 열세 번째 아들은 숨을 헐떡이지 않으려고 애쓰면서 실눈을 떴다. 둥그렇게 모여 선 아이들이 내려다보고 있었다. 간은 쪼그라들고 심장은 얼어붙고 똥꼬에는 힘이 들어갔다.

'죽은 척해야지. 죽은 척⋯⋯.'

그때 바람 한 줄기가 쌔앵 불더니 나뭇가지에서 눈 한 덩이가 툭 떨어졌다. 열세 번째 아들 눈이 움찔거리는 것을 본 아이가 영웅처럼 소리쳤다.

"살아 있다!"

열세 번째 아들은 놀라서 숨이 멎는 것 같았다.

"털이 잔뜩 젖었어. 춥겠다."

"불쌍해."

"얼어 죽으면 어떡하지? 따뜻한 데로 옮겨 주자."

뭐지? 엄마 아빠가 입에 침이 마르게 말했던 그 위험하고, 잔인하고⋯⋯. 하여튼 나쁜 말은 다 갖다 붙여도 될 것 같았던 인간이 왜⋯⋯.

"에이, 그냥 가자."

다행히 한 아이가 반대를 하고 나섰다. 열세 번째 아들은 속으로 쾌재를 불렀다.

"이대로 두면 죽을 거야."

"우리가 살려 주자."

한 아이가 기다란 나뭇가지를 가져와서 열세 번째 아들을 조심히 들어 올렸다. 열세 번째 아들은 실눈을 뜨고 아래를 봤다가 질끈 눈을 감았다.

"여기 두자."

아이들이 찾아낸 곳은 다행히 집에서 멀지 않은 곳이었다.

"잘됐다. 안 그래도 작아져서 버리려고 했는데."

한 아이가 끼고 있던 장갑을 벗어 열세 번째 아들의 몸을 덮어 주었다.

"문질러 줘야 되는 거 아냐?"

말은 그렇게 했지만 자기가 하겠다고 나서는 아이는 없었다. 그나마 다행이었다.

이제 가겠지 했는데, 아이들은 오히려 숨을 죽이고 열세 번째 아들을 지켜보았다. 직감적으로 아이들에게 뭔가를 보여 줘야 한다는 생각이 들었다. 열세 번째 아들은 눈을 번쩍 뜨고 몸을 부르르 떨었다. 아이들이 우르르 뒤로 물러났다.

아이들이 저만치 떨어져서 열세 번째 아들을 바라보았다. 한 아이가 외쳤다.

"맞다, 학습지 선생님 오실 시간이다."

아이들이 앞서거니 뒤서거니 하면서 달려갔다. 열세 번째 아들은 휴, 안도의 숨을 내쉬었다.

2. 탐험가

열세 번째 아들은 일어나려고 몸을 버둥거렸다. 하지만 어쩐 일인지 몸이 말을 듣지 않았다. 덜컥 겁이 나려는 순간, 눈앞에 낯선 어른 쥐가 서 있었다.

"괜찮으냐? 큰일 날 뻔했다. 착한 애들을 만나서 다행이지, 안 그랬으면……."

"못 움직이겠어요."

"놀라서 그럴 거다."

어른 쥐가 선뜻 열세 번째 아들의 다리를 주물러 주었다. 열세 빈째 아들은 낯선 생쥐에게 몸을 맡긴 채, 곁눈질로 그를 뜯어보았다. 다른 생쥐에 비해 몸이 길쭉하고 유난히

삐쩍 마른 쥐였다. 그렇다고 마르기만 한 건 아니어서, 열세 번째 아들의 다리를 주무를 때마다 다리에 붙은 근육이 실룩거렸다.

"어디 사니?"

"요 밑이요."

열세 번째 아들은 고갯짓으로 바로 옆 지하실을 가리키고 나서, 아빠보다는 젊고 첫째 형보다는 나이가 많아 보이는 생쥐를 빤히 쳐다보았다.

"아저씨 우리 동네 사세요?"

"여행 중이란다. 여긴 오늘 처음 와 봤지."

그러고 보니 그에게서는 어떤 냄새가 났다. 먼 길, 바람과 햇살, 촉촉한 새벽 공기와 오후의 마른 대지를 지나, 적막한 밤의 길을 걸어 온 것 같은…… 뭐랄까, 그의 몸에서는 바람 냄새가 났다. 그 순간 열세 번째 아들의 머리에 '탐험가'란 단어가 떠올랐다. 열세 번째 아들은 자신을 도와준 이 친절한 아저씨에게 별명을 지어 주고 싶었다.

"그럼 탐험가 아저씨라고 부를게요."

"하하, 그럼 난 뭐라고 부를까?"

"전 202동 지하실에 사는 생쥐 부부의 열세 번째 아들이

에요."

"그게 이름이냐?"

"음……."

"열세 번째는 너무 길구나. 거기서 열을 떼고 셋째라고
부르는 건 어떠냐."

"뭐, 그러시든가요."

안 그래도 엄마 아빠는 열세 번째 아들아, 하고 부르려고
한참이나 입을 들썩였다. 이제부터 셋째라고 불러 달라고
해야지. 아, 그러면 셋째 형이랑 헷갈릴 텐데. 그럼 작은
셋째야, 라고 부르면 되지. 열세 번째 아들은 처음으로 이
름을 갖게 된 것 같아 기분이 좋아졌다.

"이제 된 것 같구나. 어서 집에 가거라."

작은 셋째는 몸을 이리저리 움직여 보았다. 확실히 괜찮
아진 것 같았다.

"근데 아저씬 우리 동네에 어쩐 일이세요?"

"누굴 좀 만나러 왔단다. 오래전 여행 중에 만난 분인데,
마침 근처를 지날 일이 있어서……."

"누군데요?"

"음……, 이미 떠난 모양이다. 그 집에서 막 나오는 길

이다."

작은 셋째는 요 근래 이사 간 집이 있나 떠올려 보았다. 이사는 모르겠고, 저 윗동에 나이가 많은 쥐가 살았는데, 그 할아버지가 며칠 전에 돌아가셨다는 얘기를 들은 것 같았다.

"이제 어떡하실 건데요?"

"날이 완전히 저물면 떠나야지."

그러고 보니 주위가 어느새 어둑어둑해져 있었다. 작은

셋째는 아쉬운 마음이 들었다. 언제 다시 탐험가를 만나 얘기를 나눠 볼 수 있을까, 싶었던 것이다.

"아저씨, 저도 나중에 아저씨처럼 훌륭한 쥐가 될 거예요."

"하하, 그렇게 봐 주니 고맙구나. 넌 뭘 잘하니?"

뭘 잘하느냐고? 특기 같은 걸 말하는 건가? 작은 셋째는 말문이 막혀서 가만히 있었다. 한 번도 생각해 본 적이 없는 문제였다. 탐험가가 멋쩍게 웃으며 콧수염을 매만졌다.

"하하, 내가 곤란한 질문을 던진 건가. 그럼 뭘 좋아하니?"

작은 셋째는 이번에도 선뜻 대답할 말이 떠오르지 않았다. 대신 탐험가에게 되물었다.

"그러는 아저씬 뭘 잘하시는데요? 우리 아빤 고양이 놀리고 잽싸게 도망가기, 우리 엄만 감기 걸린 고양이 소리 흉내 내기를 잘해요."

"글쎄다. 난……."

202동에 사는 인간들이 불을 밝히기 시작했다. 따뜻한 귤빛이 화단을 넘어 주차장까지 비추었다. 아파트 안에서 인간들이 서성이는 게 보였다. 넋이 나간 얼굴로 아파트 안을 흘깃거리던 작은 셋째가 물었다.

"저 안은 어떤 세상이에요? 생쥐들 세상이랑 많이 달라요?"

탐험가가 생각해 볼 것도 없다는 듯 확신에 차서 대답했다.

"별거 없단다. 사는 게 다 그렇지. 비슷비슷해."

작은 셋째를 이해시키기에 충분한 대답은 아니었지만, 경험이 많은 탐험가가 해 줄 수 있는 유일한 말이기도 했다. 이해가 안 된다는 듯 고개를 갸웃거리는 작은 셋째에게 탐험가가 덧붙여 말했다.

"나도 예전에 그랬단다. 하지만 경험해 보면 너도 그렇게 말했을 거다."

수수께끼 같은 말이었다. 그래서 더 호기심이 생겼다.

그때였다. 아까부터 저쪽에서 시끄럽게 아파트 벽을 오르락내리락하던 수레가 작은 셋째의 눈에 다시 띄었다. 작은 셋째의 눈길을 따라가던 탐험가가 아는 체를 했다.

"늦게까지 이사를 하는구나. 인간은 우리와 달라서 짐이 아주 많단다. 그래서 저렇게 하루 종일……."

작은 셋째는 갑자기 멋진 계획이 떠올랐다.

"아저씨, 인간이 사는 집에 가 봤어요?"

작은 셋째가 수레를 가리켰다. 커다란 가구를 감싸고 있는 담요 속에 숨으면 될 것 같았다. 탐험가는 어림없다는 얼굴로 고개를 저었다.

"위험한 일이야. 인간한테 들키면……."

"에이, 한 번만 올라가 봐요. 네? 아저씨는 탐험가잖아요."

작은 셋째는 탐험가의 얼굴을 올려다보며 불쌍한 표정을 지었다. 탐험가는 가방을 어깨에 둘러메며 떠날 채비를 했다.

"부모님이 걱정하시겠다. 그만 집에 가거라. 나도 그만 가봐야……."

작은 셋째는 창문을 뜯어서 커다랗게 구멍이 나 있는 아파트를 올려다보았다. 어수선한 틈을 타서 잠깐 구경만 하고 오는 건 혼자서도 할 수 있을 것 같았다.

"그럼 안녕히 가세요. 전 올라가 볼게요."

그 순간 어디서 그런 용기가 났는지 작은 셋째는 시간이 흐른 뒤에 생각해 봐도 도무지 알 수가 없었다. 태어나서 처음으로 본 눈 때문이었는지, 해 질 녘 아파트에서 새어 나오는 달달한 불빛 때문이었는지, 생각지도 못한 탐험가

와의 만남 때문이었는지, 아니면 그날 인간 아이들이 보여
준 작은 친절 때문이었는지……

어쨌든 작은 셋째는 전속력으로 달려가서 수레 위에 놓
인 가구와 담요 사이로 숨어들었다. 수레가 덜컹거리며 위
로 올라갔다. 인간들이 사는 곳을 볼 수 있다는 생각에 가
슴이 콩닥콩닥 뛰었다.

"으핫! 내 발 좀……."

탐험가가 훌쩍 뛰어올라 수레 끝을 붙잡았다. 작은 셋째
는 씩 웃으며 탐험가의 앞발을 끌어당겼다.

3. 인간들이 사는 곳

가구를 감쌌던 담요가 풀어지는 순간, 탐험가와 작은 셋째는 잽싸게 밖으로 빠져나왔다. 그리고 사람들의 눈을 피해 아파트 안을 구경했다. 몇 개의 방으로 나눠진 아파트는 생각했던 것보다 넓고 아늑했다. 지하실과 다르게 방마다 널찍한 창이 뚫려 있는 것도 신기했다.

인간들이 바쁘게 왔다 갔다 하더니 조용해졌다.

"고생하셨어요. 이것 좀 드세요."

인간들이 모여서 쉬는 것 같더니, 갑자기 탐험가와 작은 셋째가 들어왔던 구멍에 커다란 유리창을 달기 시작했다.

"어어!"

작은 셋째가 놀라서 탐험가의 옆구리를 찔렀다.

"아저씨! 우리 이제 어떡해요?"

탐험가도 적잖이 당황한 것 같았다. 눈만 껌벅거리던 탐험가가 코털을 실룩거리더니 한 곳을 가리켰다.

"저쪽이야. 바람이 불어오는 곳……."

약속이라도 한 것처럼 탐험가가 가리킨 방향으로 인간들이 우르르 몰려 나갔다. 탐험가는 눈을 깜빡이며 작은 셋째에게 신호를 보냈다. 작은 셋째는 입술을 앙다물고 고개를 끄덕였다.

"달려!"

탐험가가 외쳤다. 작은 셋째는 뛸 듯 말 듯 다리를 움질거리다가 그 자리에 얼음처럼 굳고 말았다. 문이 닫히는 순간, 그 사이를 잽싸게 통과하기는커녕 육중한 현관문에 낄 것만 같았다. 다리가 후들거리고 머리가 어질어질했다. 곧 쓰러지고 말 것 같았다. 탐험가도 포기한 듯 한숨을 푹, 내쉬었다.

"죄송해요. 너무 무서웠어요."

"그래, 그럴 수 있지. 기회는 또 있을 거다. 다음번에는 용기를 내야 한다. 알았지?"

"네."

작은 셋째는 탐험가가 시키는 대로 현관 입구에 놓인 화분 뒤로 몸을 숨겼다.

"정신 바짝 차려야 한다. 고양이한테 물려 가도 정신만 차리면 된다고 했다."

탐험가가 작은 셋째의 어깨를 움켜잡았다. 작은 셋째는 눈을 부릅뜨고 고개를 끄덕였다.

집 안쪽에서 뚝딱거리고, 시끄럽게 떠들고, 왔다 갔다 하는 소리가 들렸다. 그 소리들에 점점 익숙해지는가 싶더니, 겁에 질린 숨소리도 잦아들고 눈도 말똥말똥 떠졌다. 무엇보다 작은 셋째는 탐험가와 함께 있다는 사실에 마음이 놓였다.

작은 셋째는 문득 탐험가에게 듣지 못한 대답이 있다는 사실이 떠올랐다. 여전히 두려웠지만 괜찮은 척 탐험가에게 물었다.

"그래서, 아저씬 뭘 잘하시는데요?"

탐험가가 작은 셋째를 흘깃 보며 빠르게 대답했다.

"내가 잘하는 건, 여기저기 떠돌아다니는 거지."

작은 셋째는 '떠돌아다니기'를 잘하는 것도 특기가 될 수 있나 싶어서 두 눈을 끔벅거렸다.

"왜 떠돌아다니는데요?"

탐험가가 잠시 생각에 잠겼다가 입을 열었다.

"음…… 살아 있으니까 뭐든 해 보는 거지."

"예?"

"이게 답이 될 수 있을지 모르겠다만…… 살아 있어서야. 다른 쥐들한테는 의미 없어 보이는 일도 나한테 의미가 있다면 이유는 그것으로 충분하지. 따지고 보면 의미 있는 일인지 아닌지는 내가 정하는 거니까."

알쏭달쏭한 말이었다. 작은 셋째는 새삼 탐험가의 얼굴을 다시 보았다.

"문득 '쥐로 태어난 건 어쩔 수 없지만, 어떻게 사느냐는 내가 선택할 수 있지 않을까.' 하는 생각이 들었다. 여기가 아닌 낯선 곳으로 가 보고 싶어졌지. 그때부터 여기저기 떠돌아다닌단다."

작은 셋째는 탐험가 말에 깜짝 놀랐다. 좀 전에 위로 올라가는 수레를 보며 느꼈던 것이 바로 이거구나, 싶었던 것이다. 작은 셋째는 뒷발을 굴려서 탐험가의 어깨를 꽁 찍었다.

"아저씨, 저도 비슷한 생각을 했어요. 쥐는 어째서 바닥에서만 꼬물거리고 살아야 하는가! 새로운 방향! 예를 들어 저 위를 향해 나아갈 수는 없는가! 이렇게요."

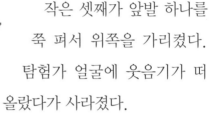

작은 셋째가 앞발 하나를 쭉 펴서 위쪽을 가리켰다. 탐험가 얼굴에 웃음기가 떠올랐다가 사라졌다.

"이런, 내가 너를 데리고 별 얘기를 다 했구나. 어쨌든 그런 생각을 했다니, 넌 특별한 쥐 같다."

작은 셋째 눈이 동그래졌다. 특별하다고요? 제가요?

그동안 쓸데없이 생각만 많다고 아빠한테 늘 타박을 듣던 작은 셋째였다. 그랬던 작은 셋째에게 '특별하다.'는 말은 지금껏 한 번도 들어 보지 못한 최고의 찬사였다. 작은 셋째는 우쭐한 기분이 들었다. 그동안의 설움이 모두 씻겨 나가는 것 같았다.

그때 문밖에서 벨이 울렸다. 집 안에서 누군가 걸어 나오는 소리가 들렸다.

“다시 문이 열릴 것 같구나. 준비해라.”

탐험가가 작은 셋째에게 소곤거렸다.

“하나, 둘, 셋, 뛰어!”

문이 열리자마자 탐험가가 용수철처럼 밖으로 튕겨 나 갔다. 탐험가의 날렵한 몸뚱이가 작은 셋째의 눈에 들어 왔다.

‘어어, 나도, 나도 나가야 되는데……’

작은 셋째는 탐험가의 꼬리가 문틈으로 사라지는 것을 멍하니 지켜보았다.

문이 닫혔다.

인간이 들고 있는 묵직한 봉지 안에서 맛있는 냄새가 났다.

작은 셋째의 눈앞으로 엄마와 아빠, 형과 누나들, 그리고 하나뿐인 막내의 얼굴이 떠올랐다. 가족들을…… 이제…… 다시는…… 볼 수 없으리라…….

가슴 가득 뒤늦은 후회와 슬픔이 밀려왔다. 왈칵 눈물이 쏟아졌다. “으앙!” 하고 소리를 지를 뻔했지만 용케 꾹 참 아 냈다.

눈물을 닦고 주변을 살폈다. 깨끗한 벽과 건조한 공기와 후루룩 쩝쩝 소리, 그리고 아직 남아 있는 맛있는 냄새. 이제 혼자였다.

작은 셋째는 어깨를 움츠려 화분과 벽 사이 좁은 공간 속으로 몸을 밀어 넣었다. 그리고 어금니를 깨물었다. 반드시, 이곳에서 살아 나가야 한다!

눈을 떠 보니 사방이 깜깜했다. 작은 셋째는 깜박 잠이 든 자신이 한심하게 느껴졌다.

"미쳤어, 미쳐. 지금 잠이 와? 잠이?"

인간들이 모두 잠이 들었는지 집 안에서는 찍소리도 나지 않았다. 작은 셋째는 먼저 현관문과 바닥 사이의 공간을 살펴보았다. 바람만 들어올 뿐 작은 생쥐가 빠져나갈 수 있는 틈은 조금도 없었다. 하여튼 인간들이 하는 짓이 그렇지, 뭐. 틈이 없어요, 틈이.

낙심하며 돌아서는 순간, 어디선가 희미하게 들려오는 소리가 있었다. 인간들이 잠을 자며 내뱉는 숨소리가 아니었다. 작은 셋째는 도무지 틈이 없는 현관문을 뒤로하고 소리가 나는 쪽을 향해 천천히 발을 움직였다.

커다란 유리문이 달린 널따란 방이 보였다. 유리문 밖으로 낯설면서도 익숙한 풍경이 눈에 들어왔다. 작은 셋째는 자석에 끌린 듯 쪼르르 유리문 앞으로 다가갔다.

"우와!"

작은 셋째의 입에서 환호성이 터져 나왔다.

"멋지다!"

지하실에 살 때는 한 번도 본 적이 없는, 그래서 상상해 보지도 못했던, 그동안은 일부분만을 보여 주면서 비밀스럽게 꽁꽁 감춰 왔던 세상이 달빛 아래서 그 모습을 드러내고 있었다.

눈앞에 납작 엎드린 세상을 보는 작은 셋째의 가슴속에 탐험가를 향한 적개심이 훅 올라왔다. 사는 게 다 비슷비슷하다고? 거짓말. 인간은 날마다 이렇게 멋진 풍경을 보면서 사는데 우린…….

유리문에 코를 박고 있던 작은 셋째 눈앞에 뭔가가 어른거렸다. 밖에 누가 있었다. 난간 위에 아슬아슬하게 서 있는, 작고 검은 생쥐…….

탐험가였다. 어떻게 여기까지 올라왔지? 잠깐 그런 생각이 들었지만, 작은 셋째의 입에서는 와락 울음이 터져 나왔다.

"으앙, 아저씨, 나 좀 살려 주세요."

탐험가가 발가락으로 입을 가리며 쉿 했다. 그리고 입을 크게 벌려서 말하기 시작했다. 쥐의 목소리가 워낙 작은 데다 두꺼운 유리문이 가로막고 있어서 소리가 잘 들리지 않았지만, 입 모양으로 보아 탐험가가 하는 말은 대강 이랬다.

"걱정 마라. 너를 꼭 구할……. 인간한테…… 절대…… 잘 숨어 있어라. 밤에만 움직여……."

탐험가는 다시 오겠다는 말을 남기고 사라졌다.

'네, 아저씨! 다시 만나요. 꼭이요!'

작은 셋째는 벽을 타고 내려가는 탐험가를 자세히 보려고 눈에 고인 눈물을 찔끔 짜냈다. 그러다 자기도 모르게 입이 쩍 벌어졌다.

"와, 이렇게 높은 곳까지 올라오다니……."

4. 사랑스러운 루돌프

"넌 어디서 왔니?"

작은 셋째는 움찔 놀라서 소리가 나는 쪽을 바라보았다. 희미한 달빛에 보이는 것은 넓은 거실과 가구들뿐이었다.

"누, 누구세요?"

작은 셋째의 목소리가 떨려 나왔다. 인간인가? 아니면 인간이 죽으면 된다는 귀신인가?

톡! 톡!

뭔가를 두드리는 소리가 나고, 이어서 "여기야, 여기." 하는 소리가 들렸다. 목소리 크기로 봐서는 인간처럼 몸집이 큰 동물은 아닌 것 같았다.

작은 셋째는 실눈을 뜨고 사방을 두리번거렸다. 책장 맨 아래 칸에 있는 플라스틱 통이 보였다. 투명한 통 안에 꼬물거리는 뭔가가 있었다.

"이리 와 봐. 괜찮아."

작은 셋째는 여차하면 달아날 심산으로 경계를 늦추지 않으면서 천천히 책장을 향해 다가갔다.

네모난 플라스틱 통 안에는 작은 셋째보다 살짝 큰 쥐 한 마리가 있었다. 하지만 같은 동족을 만났다는 기쁨도 잠시, 통 안의 쥐는 작은 셋째가 알던 쥐와는 많이 다른 것 같았다. 희고 통통한 것이…… 살짝 귀여운 것 같기도 하고…….

"쥐가 분명하긴 한데……."

"너 생쥐 맞지? 난 햄스터야."

"햄스터?"

"이름은 루돌프. 여기 투명한 사각형 집에 살고, 이 집 어린이들의 사랑을 독차지하는 애완동물이지. 내가 인간들 이랑 살기 시작한 건……, 음, 그게 그러니까……. 어쨌든 만나서 반갑다. 안 그래도 지루하던 참인데. 그렇다고 외로운 건 아니고."

말이 많긴 했지만 나쁜 녀석 같진 않았다. 작은 셋째는 호기심이 담긴 눈으로 루돌프가 살고 있는 플라스틱 통 안을 들여다보았다.

"혼자 살기엔 아늑한 곳이지. 들어와 볼래?"

루돌프가 기대하는 눈빛으로 꼬리를 흔들었다. 작은 셋째는 펄쩍 뛰었다.

"아니! 내가 왜!"

"크크, 놀라긴. 한번 해 본 소릴 가지고. 근데 넌 어떻게 된 거야? 어쩌다 여기 들어오게 됐어? 밖에 있던 쥐는 또 누구고. 나처럼 애완동물로 온 것 같진 않은데."

작은 셋째는 심호흡을 한 번 하고 나서 자기가 누구인지, 어떻게 해서 여기까지 오게 됐는지, 그리고 밖에 있던 쥐가 누구인지 모든 사실을 털어놓았다. 작은 셋째의 말에 귀를 기울이던 루돌프가 생각에 잠긴 얼굴로 입을 열었다.

"안됐구나. 근데 흘러간 시간은 되돌릴 수 없고, 한 번 싼 오줌은 다시 담을 수 없는 법! 이왕 이렇게 된 거 여기서 나랑 같이 사는 건 어때? 여긴 먹을 것도 많고 따뜻하고……. 저기, 내가 외롭지는 않은데 조금 지루해서 말이지. 안 그래도 동무가 있었으면 했거든."

작은 셋째는 시선을 돌렸다가 다시 루돌프를 보았다. 누가 가르쳐 준 건 아니지만 저 통 안으로 들어가면 안 될 것 같았다. 그런데 루돌프의 말을 듣고 있자니 이상하게 마음이 흔들렸다.

"탐험가는 이제 안 올 거야. 탐험가가 이곳을 떠났다에 한 표! 하나뿐인 내 집을 건다!"

작은 셋째는 어림없다는 듯 머리를 흔들었다. 탐험가를 만난 건 반나절밖에 안 됐지만 왠지 믿음이 갔다. 아파트가 무너져도 자기가 한 약속은 꼭 지킬 것 같은, 탐험가에게는 그런 마음이 들게 하는 뭔가가 있었다.

"에헤, 네가 세상인심을 모르는구나! 내가 여기까지 어떻게 왔냐 하면……."

그렇게 루돌프의 사연을 시작으로 이런저런 얘기를 나누다 보니, 시간은 훌쩍 흘러 창밖이 희뿌옇게 밝을 때까지 계속되었다. 나중에는 졸음이 몰려와서 둘 다 몸을 앞뒤로 흔들며 감길락 말락 하는 눈을 겨우 뜨고 있었다.

그때였다. 저 안쪽에서 시작된 쿵쿵 소리가 가까이 다가오는 게 느껴졌다. 그리고 딸깍 소리와 함께 주위가 대낮처럼 환해졌다.

“숨어!”

루돌프 목소리였다. 플라스틱 통 위에 앉아 있던 작은 셋째는 엉겁결에 책장 사이로 훌쩍 뛰어내렸다. 루돌프가 작게 소곤거렸다.

“주인아저씨야. 무뚝뚝한 편이지만 괜찮은 사람이지. 아함, 난 그만 자야겠다. 오랜만에 얘기를 너무 많이 했더니…….”

“근데 말이야. 인간들도 꽤 친절하던데, 내가 꼭 숨어야 할까?”

“콜콜.”

루돌프는 잠이 든 것 같았다. 작은 셋째도 루돌프처럼 푹 자고 싶었다. 하지만 어쩐 일인지 두 눈은 말똥, 두 귀는 쫑긋, 코털은 바짝 곤두섰다. 주인아저씨를 비롯해서 이 집 식구들이 만들어 낸 쿵쿵, 콩콩, 달각달각, 쏴아쏴아, 치이익, 여보! 엄마! 소리 때문이었다.

“야, 모두 나갔어. 집엔 우리뿐이야.”

작은 셋째는 루돌프의 목소리에 눈을 떴다. 몸이 천근만근이나 된 것처럼 무거웠다. 여기가 어디지? 어리둥절해서

주위를 둘러보다가 번쩍 정신이 들었다.

"배고프지?"

작은 셋째는 루돌프가 시키는 대로 플라스틱 뚜껑 위로 올라가서 작은 입구를 열었다. 고맙게도 루돌프가 자기 밥을 통 밖으로 던져 주었다. 집에서 먹던 것과는 달라서 살짝 머뭇거렸지만 먹어 보니 그런대로 깔끔하고 감칠맛 나는 맛이었다. 무엇보다 조금만 먹어도 배가 불렀다.

밥을 다 먹은 작은 셋째는 그제야 루돌프를 찬찬히 살펴보았다. 복슬복슬 윤기 나는 흰털, 놀란 듯 쫑긋 세워진 귀, 음식을 가득 물고 있는 것 같은 볼. 잘못 본 게 아니었다. 루돌프는 확실히 귀여웠다.

"이건 뭐야?"

작은 셋째가 루돌프의 목을 가리키며 물었다.

"응, 목걸이야. 이 집 어린이 중에 첫째가 체험 학습 가서 만들었다고 나한테 걸어 주더라고. 여기에 뭐라고 쓰였는지 아니?"

그러고 보니 목걸이에는 인간들의 글자가 적혀 있었다.

"뭐라고 쓰여 있는데?"

"사랑스러운 루돌프!"

그렇게 작은 셋째는 아
파트에서 지내게 되었
다. 낮에는 책장 사이에
숨어 있다가, 밤이 되면
거실로 나와 아파트 안을
돌아다녔다. 이따금 오
줌이 마려운 주인아저씨
가 불을 켜서 놀랐지만,
며칠을 지내다 보니 아파트

안에서의 생활에도 그럭저럭 적응이 되었다. 작은 셋째는
루돌프처럼 인간들에게 자신의 존재를 당당하게 드러내고
싶어 했지만, 루돌프는 한사코 반대했다.

"인간이 그렇게 호락호락하지가 않아. 어디서 살다 왔는
지도 모르는 널 쉽게 받아 줄 리가 없어."

쳇, 자기 혼자서만 '사랑스러운' 쥐가 되고 싶다 이거지!
작은 셋째는 루돌프의 말이 믿기지 않아서 콧방귀를 뀌
었다.

그러는 사이에도 탐험가는 날마다 유리문 밖에 나타나서

작은 셋째를 보고 갔다.

"너희 부모님께 약속……. 널 매일 지켜보겠다고. 참고 기다려라. 반드시 집으로 돌아갈 수 있을……."

탐험가의 말에 작은 셋째는 고개를 끄덕였지만 속으로는 다른 생각을 하고 있었다. 왜 이렇게 위험한 짓을 해요. 내가 뭐라고……. 여기저기로 떠돌아 다녀야죠. 그래야 탐험가죠.

작은 셋째는 유리문에 찰싹 붙어서 멀어지는 탐험가의 뒷모습을 지켜보았다. 내일, 탐험가가 오지 않는다 해도 손톱만큼도 원망하지 않을 자신이 있었다.

5. 이런 게 자유라고?

인간들이 집을 비우면 작은 셋째는 밖으로 나와 루돌프
와 함께 시간을 보냈다. 플라스틱 벽에 발바닥을 마주 대
고 누워 통통거리거나, 등을 붙이고 앉아 떠오르는 생각들
을 두서없이 종알거리거나, 그것도 심심해지면 작은 셋째
가 플라스틱 지붕 위로 올라가 꼬리를 늘어뜨리고 루돌프
가 그것을 잡아당기면서 놀았다.

그날도 작은 셋째는 플라스틱 통 속으로 꼬리를 넣고 있
었다. 적당히 당기고 버티면서 루돌프와 힘겨루기를 하는
중이었다. 루돌프는 일정한 힘 이상으로는 당기지 않는
데, 그것은 작은 셋째가 플라스틱 통 안으로 들어가고 싶

어 하지 않는다는 것을 알아서였다.

띠띠띠띠, 누가 들어오는 소리였다. 놀라서 중심을 잃은 작은 셋째가 루돌프 위로 철퍼덕 떨어졌다.

"아이쿠!"

루돌프가 코를 움켜쥐며 비명을 지른 것과 동시에 둘은 누가 먼저랄 것도 없이 톱밥 속으로 몸을 숨겼다.

"아직도 자?"

이 집에 사는 여자아이가 플라스틱 통을 들여다보며 말했다.

"어떻게 하루 종일 잠만 자니?"

여자아이의 손이 훅, 플라스틱 통 안으로 들어왔다. 톱밥 밑을 헤집던 손이 작은 셋째를 움켜쥐었다. 작은 셋째와 눈이 마주친 여자아이가 꺅, 하고 비명을 지르더니 작은 셋째를 손에서 떨어뜨렸다.

"엄마야!"

여자아이가 현관문을 열고 뛰어가는 소리가 들렸다. 그날 플라스틱 통에 두 번이나 떨어진 작은 셋째는 루돌프가 어깨를 흔들고 나서야 정신이 들었다.

"내가 그렇게 별로니? 내가 어때서! 응? 너랑 얼마나 다

르게 생겼다고."

화가 난 작은 셋째는 이를 앙다물고 플라스틱 벽을 오르기 시작했다. 플라스틱은 생각보다 미끄러웠다. 오르다 미끄러지고 오르다 나뒹굴기를 수십 번, 아니 수백 번을 하다 지쳐서 대자로 뻗어 버렸다.

어느덧 창밖이 어두워져 있었다. 인간들이 돌아올 시간이 된 것이다. 초조해진 작은 셋째는 네 발바닥을 의미 없이 문질러 댔다. 눈치를 살피던 루돌프가 입을 열었다.

"미안. 내가 힘 조절을 못해서……."

"아냐, 내가 방심한 탓이지."

작은 셋째는 한숨을 푹 쉬며 중얼거렸다.

"근데 말이야. 날 너무 좋아해서 같이 살자고 하면 어떡하지? 난 이 조그만 플라스틱 통 안에서 사는 거 별로 거든."

어둡던 거실에 불이 켜지고 이 집에 사는 인간들이 우르르 몰려왔다. 어린이

두 명은 각자 엄마 아빠 뒤에 숨어서 이쪽을 보고 있었다.

"어? 통 안에 둘 다 있네. 난 거실에 떨어뜨린 줄 알았어."

"어쨌든 다행이다. 안에 있으니까."

"이제 어쩌지?"

주인아저씨 물음에 주인아줌마가 단호한 목소리로 말했다.

"어쩌긴, 둘 다 버려야지."

"산 채로?"

엄마 아빠 말을 듣고 있던 여자아이가 우는 소리를 했다.

"으앙, 내 루돌프는 안 돼."

"저 더러운 쥐 좀 봐. 분명히 세균 덩어리일 거야. 루돌프도 오염시켰을걸."

주인아저씨가 물었다.

"어떻게 버리지?"

주인아줌마가 대답했다.

"그냥 통째로 버려야지. 얼른 버리고 와."

"내가?"

"그럼 누가 해. 도대체 어떻게 들어온 거지? 내가 살다 살다 이런 꼴은 처음이야."

그때까지 인간들의 말에 귀를 기울이던 루돌프가 갑자기 코털을 부르르 떨며 소리를 질렀다.

"뭐야, 나까지 버린다고?"

비닐장갑을 낀 주인아저씨가 루돌프의 투명한 집을 들어 올렸다. 얼굴에 잔뜩 인상을 쓰고 뭔가를 생각하는 눈치더니, 쓰레기봉투를 가져와서 플라스틱 통을 넣고 꽁꽁 묶었다.

"히힝, 잘 가, 루돌프야. 널 잊지 않을게."

아이들의 목소리가 복도까지 따라왔다. 루돌프도 울먹이는 목소리로 중얼거렸다.

"나한테 이럴 수는 없어. 이럴 수는……."

주인아저씨는 들고 온 쓰레기봉투를 조심스럽게 쓰레기 더미 위에 올려놓고 사라졌다. 작은 셋째는 비스듬히 놓인 플라스틱 구석에서 루돌프와 뒤엉킨 채로 하늘을 올려다보았다.

"이거 자유 맞지?"

어이없다는 듯 루돌프가 콧방귀를 뀌었다.

"웃기지 마. 우린 버려진 거야."

갑자기 루돌프가 훌쩍거리며 울기 시작했다. 작은 셋째

의 겨드랑이를 타고 루돌프의 슬픔이 전해졌다. 작은 셋째는 숨도 못 쉬고 가만히 있었다. 미안하다는 말을 하고 싶지만 어떤 말로도 위로가 되지 않을 것 같았다.

루돌프의 울음이 잦아들 무렵, 작은 셋째가 "여기요! 좀 도와주세요!" 하며 소리를 질렀다. 사람들한테는 찍찍거리는 소리로밖에 들리지 않겠지만 말이다.

시끄러운 소리에 눈이 떠졌다. 날은 밝았고, 바람은 차가웠고, 작은 셋째와 루돌프는 달리는 트럭 위에 있었다.

"어디로 가는 걸까?"

겁에 질린 루돌프가 떨리는 목소리로 말했다. 작은 셋째는 멍한 눈을 들어 주위를 둘러보았다. 쌩쌩 달리는 차들 너머로 잎들 다 떨어지고 가지만 높이 자란 나무들이 보였다.

"걱정하지 마. 우린 괜찮을 거야."

작은 셋째는 자기가 무슨 말을 하는지도 몰랐다. 그저 루돌프의 어깨를 토닥여 주며 같은 말을 반복할 뿐이었다.

6. 쓰레기 산

그렇게 한참을 달려 도착한 곳은 쓰레기 산이 끝없이 펼쳐져 있는 공터였다. 작은 셋째와 루돌프는 입을 딱 벌리고 눈앞의 풍경을 보았다. 이렇게 많은 쓰레기들은 다 어디서 온 거지?

"윽!"

지독한 냄새가 풍겨 왔다. 머리가 지끈거리고 눈알이 쏙 빠질 것 같았다.

작은 셋째와 루돌프는 깨진 플라스틱 통에서 빠져나와 주위를 둘러보았다. 깨끗하고 아름다웠던 것들의 마지막 모습은 처참했다. 하지만 쥐가 인간과 다른 점은 이것들에서도 마지막 쓸모를 찾아낸다는 점이었다. 작은 셋째는 쓰레기 더미에서 뭔가를 부지런히 찾고 있는 쥐와 눈이 마주쳤다. 머리털이 숭숭 빠진 할아버지였다. 작은 셋째는 할아버지를 향해 소리쳤다.

"할아버지, 여기 사세요?"

할아버지가 눈을 빠르게 끔벅거렸다. 당연한 걸 왜 물어, 하는 얼굴이었다.

"허허 참, 너희는 어디서 왔느냐? 트럭을 타고 온 게냐?"

작은 셋째와 루돌프는 동시에 고개를 끄덕였다. 할아버지는 쓰레기 더미에서 쏙 빠져나와 납작한 플라스틱 위에 엉덩이를 걸쳤다.

그 순간에도 역겨운 냄새가 코를 찔렀다. 도무지 적응이 안 되는 냄새였다.

"윽, 지독해……."

작은 셋째는 인상을 쓰며 코를 싸쥐었다. 할아버지는 작은 셋째의 말을 이해하지 못하는 눈치였다.

"허허 참, 무슨 냄새가 난다고……."

할아버지는 그런 터무니없는 말은 처음 들어 본다는 듯 작은 셋째와 루돌프를 멀뚱히 쳐다보았다.

작은 셋째는 코를 싸쥐고 있던 앞발을 내리고 찡그린 얼굴을 바로 했다. 루돌프도 슬그머니 따라서 했다. 이곳에서 평생을 살아온 할아버지에 대한 예의가 아니라는 생각이 들어서였다. 할아버지는 그런 둘의 마음을 다 안다는 듯 너그러운 미소를 지었다.

"허허허, 괜찮다. 괜찮아."

그 순간 작은 셋째의 목구멍에서 스멀스멀 어떤 욕망이 밀고 올라왔다. 할아버지에게 이곳과는 비교도 할 수 없는 멋진 세상이 있다는 걸 알려 주고 싶어진 것이다. 하늘을 향해 높다랗게 서 있는 아파트와 깨끗한 도로, 화단에 핀 꽃들과 나무, 그리고…….

문득 탐험가의 얼굴이 떠올랐다. 어쩌면 탐험가도 이런 마음이지 않았을까. 아파트 지하실에 살면서 그곳이 전부라고 생각하는 어린 쥐에게 자신이 본 세상 얘기를 들려주고 싶지만 참아야 했던…….

작은 셋째는 마른침을 꿀꺽 삼키고 나서, 산 너머로 지는 해를 바라보았다. 욕망이란 것에도 모양이 있다면 벌겋게 지는 저 해를 닮았을 거란 생각이 들었다.

작은 셋째와 루돌프는 해가 지는 풍경과, 그 아래 하늘과

맞닿은 쓰레기 산이 만들어 내는 곡선을 홀린 듯 바라보았다.

"쓰레기 산이 이렇게 멋져 보일 줄은……."

"몰랐지. 나도!"

그때 반짝이는 뭔가가 작은 셋째의 눈길을 사로잡았다. 자세히 보니 석양빛을 받은 깨진 병 조각, 거울 조각, 알루미늄 캔 같은 것들이었다. 작은 셋째는 첫눈이 내리던 날, 햇빛을 받아 반짝거리던 나뭇가지 위의 눈이 생각났다. 쓰레기 속에도 반짝이는 것이 있다니. 오랫동안 한곳을 바라보는 것이 새삼 괜찮은 일이라는 생각이 들었다.

더없이 고요하고 아름다운 풍경이었다.

마치 지구가 아닌, 다른 별에 온 것 같았다.

쓰레기는 하루도 빠지지 않고 날마다 차고 넘치게 쏟아져 들어왔다. 이렇게 넓은 공간이 필요할 만큼 인간은 뭘 그렇게 쓰고 버리는 걸까. 아무리 생각해 봐도 작은 셋째의 머리로는 이해가 되지 않았다.

작은 셋째와 루돌프는 그렇게 며칠 동안 쓰레기 산에서 할아버지와 함께 지냈다. 할아버지는 친절하게 잘 곳을 마

련해 주고, 새롭게 쌓인 쓰레기 더미에서 먹을 것을 찾아 주었다. 할아버지가 주는 음식에서는 하나같이 시큼하고 역겨운 냄새가 났지만 너무 배가 고파서 허겁지겁 먹어 치웠다.

나중에는 적응이 됐는지 역겨운 냄새가 난다는 생각도 들지 않았다. 할아버지는 그런 작은 셋째에게 이곳이 얼마나 괜찮은 곳이지 알려 주고 싶어 했다.

"이것 봐라. 아직 쓸 만하지 않니?"

"이것 좀 먹어 봐라. 별미다, 별미."

시간이 지나자 여기서 사는 것도 괜찮겠다는 생각이 들었다. 무엇보다 인간의 동태를 살피지 않아도 되는 점이 마음에 들었다. 트럭이 드나드는 길목만 피한다면 그야말로 신나게 떠들고 맘 편히 쉴 수 있었다. 그런 생각을 하는 작은 셋째가 못마땅했는지 어느 날 루돌프가 따지듯 물었다.

"넌 여기가 맘에 드는 모양이지? 계속 살 작정이야?"

작은 셋째는 뜨끔해서 얼른 고개를 저었다.

"아니, 떠나야지. 우리가 살았던 목련아파트로."

쓰레기를 뒤지며 사는 것은 작은 셋째가 바라던 삶이 아니었다. 몸은 편했지만 뭔가 중요한 것이 빠져 있었다.

"근데 목련아파트에 가면……."

루돌프가 말을 하다 말고 시무룩해졌다. 작은 셋째는 루돌프의 눈치를 살피며 대꾸했다.

"그 집 아이들이 널 기다리고 있을 거야. 네가 떠날 때 막 울었잖아."

"……."

루돌프는 뭔가 말을 할 듯 말 듯 하더니 입을 다물어 버렸다.

새삼 바라본 루돌프의 몸은 앙상하게 말라 있었다. 털은 쥐색인 작은 셋째와 구별이 안 될 만큼 더러워져서 흰 털은 이제 한 점도 보이지 않았다. 그리고 보니 깨끗한 음식만 먹어 왔던 루돌프는 먹는 거며 잠자리며 이곳에서의 생활을 힘들어했다. 특히 따뜻한 아파트 안에서 살았던 루돌프는 추위를 못 견뎌 했다.

작은 셋째는 괜히 큰소리를 쳤다.

"좋아, 지금 당장 떠나자!"

나중에야 안 사실이지만 쓰레기를 나르는 트럭들에는 그림판이 달려 있었다. 작은 셋째는 타고 왔던 트럭의 그림판을 자세히 봐 두지 않은 걸 후회했지만 이제는 소용없는 일이었다.

"지팡이 두 개로 시작해서 맨 끝에 찌그러진 보름달이 있었던 것 같은데."

할아버지 말에 작은 셋째와 루돌프는 놀라서 펄쩍 뛰었다.

"정말이요?"

그 뒤로 작은 셋째는 밤낮으로 쓰레기장을 오가는 트럭들의 그림판을 살폈다. 하지만 눈사람 모양으로 끝나는 그림판은 있어도 찌그러진 보름달 모양으로 끝나는 그림판은 보이지 않았다.

그렇게 며칠이 지난 어느 날 오후였다. 그날도 흰 눈이 내렸는데, 트럭들이 꼬리에 꼬리를 물고 계속해서 들어왔다. 트럭의 그림판을 하나하나 살피느라 작은 셋째는 눈알이 핑핑 돌 지경이었다.

"앗! 저거다, 저거!"

작은 셋째가 막 쓰레기를 쏟고 있는 트럭을 가리켰다. 트럭들이 몰고 다니는 차가운 바람에 인상을 쓰고 있던 루돌프가 벌떡 일어섰다.

"어디, 어디?"

"저기 봐, 지팡이 두 개에…… 끝엔 찌그러진 보름달!"

'1140'

작은 셋째는 루돌프를 얼싸안고 방방 뛰었다. 가족들을

다시 만날 수 있다는 생각에 가슴이 터질 것 같았다.

"같이 가실래요?"

작은 셋째가 할아버지에게 물었다.

"글쎄다……."

"다른 세상이 보고 싶지 않으세요?"

조금 망설이는 것 같던 할아버지가 마음을 정한 듯 편안해진 얼굴로 대답했다.

"나이가 많다는 건 그만큼 두려움도 많아진다는 거지. 어쨌든 너희는 아직 젊으니 뭐든 시작하기 바란다. 두려움이 아직 많지 않을 때 말이다. 허허 참, 이런 생각을 하는 걸 보니, 내 나이가 많긴 한가 보다."

사실 작은 셋째는 할아버지가 이곳을 떠나지 않으리라는 걸 알고 있었다. 하지만 왠지 한번은 물어봐야 할 것 같았다. 어쩌면 할아버지가 처음으로 해 보는 선택일지도 몰랐다. 어쨌든 할아버지가 자신의 선택에 만족해 보여서 다행이었다.

"잘 가거라. 행운을 빈다."

"할아버지, 그동안 감사했어요. 건강하셔야 해요. 할아버지를 잊지 못할 거예요. 정말이에요……."

작은 셋째는 그렇게 주절대는 인사말이 마음에 들지 않았다. 하지만 어쩔 수 없었다. 작은 셋째에게 이별은 낯설기만 했다. 다시는 만날 수 없다는 사실을 알 때는 더 그랬다.

"안녕히 계세요, 할아버지."

작은 셋째와 루돌프가 트럭 위에 올라타자, 마치 기다리기라도 했던 것처럼 1140 쓰레기차가 부르르 몸을 떨었다. 멀찌감치 물러서서 둘을 지켜보는 할아버지가 보였다. 아까보다 굵어진 눈송이가 동상처럼 서 있는 할아버지 머리 위에 내려앉았다. 작은 셋째는 할아버지가 보이지 않을 때까지 앞발을 흔들었다.

루돌프는 기운이 없는지 축 늘어져 버렸다. 엉키고 거칠어진 털 밑으로 루돌프의 가녀린 뼈가 느껴졌다. 작은 셋째는 가슴이 아팠다. 루돌프가 이렇게 된 것이 꼭 자기 탓인 것만 같아서였다.

7. 벽을 타는 생쥐

작은 셋째와 루돌프를 태운 쓰레기차가 어느 아파트 단지 안으로 들어섰다. 얼핏 아파트가 늘어선 모양이며 벽 색깔이 비슷해 보였지만 확실히 목련아파트는 아니었다. 쓰레기차는 단지 안을 돌며 쓰레기들을 모았다. 쓰레기를 가득 채우고 나면 다시 쓰레기 산으로 향할 것이 분명했다.

"여기서 내릴까?"

루돌프 말에 작은 셋째가 고개를 저었다.

"이 트럭을 놓치면 영원히 집으로 갈 수 없을 거야."

"그래서 어쩌려고? 다시 쓰레기 산으로 가겠다고? 난

싫어!"

작은 셋째가 뭐라고 대꾸하기도 전에 루돌프가 쓰레기
차 밖으로 몸을 날렸다. 작은 셋째는 놀라서 눈이 동그래
졌다.

"루돌프!"

루돌프가 다리를 절뚝이며 저쪽으로 달려가는 것이 보였
다. 생각해 볼 것도 없었다. 작은 셋째도 쓰레기차에서 뛰
어내렸다.

작은 셋째와 루돌프는 아파트 화단에 숨어서 쓰레기차가
멀어지는 것을 지켜보았다.

"괜찮아. 며칠 있으면 또 올 거야."

작은 셋째는 자신에게 말하듯 작은 소리로 중얼거렸다.
그 소리를 들은 루돌프가 머리를 흔들었다.

"싫어. 난 쓰레기 산에 다신 안 갈 거야."

작은 셋째는 루돌프를 데리고 아파트 지하실로 내려갔
다. 전에 살던 곳보다 상태가 더 나빠 보였다. 버려진 물건
들이 먼지를 뒤집어쓴 채 널브러져 있고, 어디서 물이 새
는지 바닥에는 더러운 물이 흥건했다. 눅눅한 곰팡이 냄새
도 코를 찔렀다.

"뭐야, 이런 데서 살겠다고?"

입구에 선 루돌프가 눈을 치떴다.

"춥지?"

작은 셋째는 주위에서 종이 상자 조각을 가져와 루돌프가 앉을 자리를 마련해 주었다. 루돌프는 곁눈질로 흘깃 보기만 할 뿐 한 발짝도 움직이지 않았다.

다른 방법이 없었다. 다시 1140 쓰레기차가 나타나길 기다리는 수밖에.

하루, 이틀, 사흘이 지나도 1140 쓰레기차는 오지 않았다. 그리고 루돌프는 종일 잠만 잤다. 더러 깨어 있을 때도 멍한 시선으로 주위를 두리번거렸는데, 딱히 뭘 보는 것 같지는 않았다.

"무슨 생각 해?"

작은 셋째가 물으면 루돌프는 "그냥." 하고 말았다. 무슨 생각을 하는지 눈만 커다랗게 뜨고 있을 뿐이었다.

'그럼 안 돼. 이젠 잊어야지. 그래야 살 수 있어. 아직도 모르겠어? 바보같이······.'

작은 셋째는 그렇게 내뱉고 싶은 걸 애써 참으며 눈길을 돌렸다.

무언가를 기다리는 하루하루는 더없이 지루하고 막막했다. 나중에는 무엇을 기다리는지조차 알 수 없을 정도였다. 하루가 무기력하기만 했다. 문득 이렇게 시간을 보내는 건 어리석은 일이라는 생각이 들었다. 마냥 기다리는 것 말고 뭔가 다른 일을 하며 시간을 보낼 수는 없을까.

그런 생각을 하며 나무에 등을 기대고 앉아 있는데, 화단가에 심어진 사철나무 사이로 뭐가 쑥 들어왔다. 고양이 머리였다.

"캭!"

고양이가 사철나무 사이를 비집고 들어오려고 킁킁거렸다. 머릿속에선 얼른 달아나야 한다는 생각이 들었지만, 어쩐 일인지 몸이 말을 듣지 않았다. 겨우 다리를 떼서 돌아서는데, 고양이의 울음소리가 바로 등 뒤에서 들려왔다. 이대로 죽는구나, 작은 셋째는 온몸이 덜덜 떨려 왔다.

그 순간 작은 셋째 눈에 베란다 난간이 올려다보였다. 다행히 비스듬히 기울어진 나뭇가지를 타고 가면 난간 쪽으로 올라갈 수 있을 것 같았다. 작은 셋째는 나뭇가지에 올라섰다. 고양이도 잽싸게 작은 셋째를 따라왔다.

"캬아악! 캬아악!"

고양이가 흔들리는 나뭇가지 위에서 한 발을 휘저으며 앙칼지게 울어 댔다. 날카로운 발톱이 작은 셋째의 몸에 닿을락 말락 했다. 겁에 질린 작은 셋째는 몸을 움츠린 채 눈을 꼭 감았다. 금방이라도 고양이의 발톱이 작은 셋째의 엉덩이에 박힐 것 같았다. 작은 셋째는 생각할 겨를도 없이 아파트 벽을 타고 올랐다.

얼마나 올라갔을까. 고양이 울음소리가 저 멀리서 들려왔다. 숨을 헐떡이며 아래를 내려다보던 작은 셋째의 눈이 왕방울만 해졌다. 화단이 저 멀리로 내려가 있었다.

고양이가 위쪽을 힐끔거리며 나무 사이로 걸어가는 것이 보였다. 작은 셋째는 안도의 숨을 내쉬며 고양이가 사라지길 기다렸다.

그날 밤, 작은 셋째는 이런저런 생각을 하느라 쉽게 잠들지 못했다. 땅에서 살아가는 쥐에게 위로 올라간다는 건 어떤 의미가 있을까. 앞으로 옆으로 뒤로 혹은 지하로만 향했던 눈길이 하늘을 향한다면? 작은 셋째의 발바닥에 낮에 밟고 올라섰던 벽의 딱딱한 감촉이 선명했다.

"안 자?"

작은 셋째는 고개를 돌려 루돌프를 바라보았다. 어둠 속에서 루돌프의 작은 눈이 번들거렸다. 작은 셋째는 아파트 벽을 탔던 일을 루돌프에게 들려주었다.

"고양이를 피해서 달아난 거지만, 정말 특별한 경험이었어. 위로 길게 뻗은 벽을 타고 오른다는 게…… 정말 아슬아슬했지만……. 너도 알지? 탐험가 말이야. 나도 그 아저씨처럼 할 수 있을 것 같아……."

가만히 듣고 있던 루돌프가 입을 열었다.

"그래서 앞으로 계속 벽을 타겠다는 거야?"

작은 셋째는 발가락을 옴질거리며 대답했다.

"응, 내일부터 벽 타는 연습을 할 거야. 높은 곳에서 보면 집으로 가는 길을 찾을 수 있을지도 몰라. 너도 내일부터 같이 나가자."

"싫어. 귀찮아."

루돌프가 몸을 돌려 누웠다. 쓰레기차에서 뛰어내릴 때 다친 뒤로 아직까지 다리가 말썽이었다. 이제는 뻣뻣하게 굳어서 잘 펴지도 않는 것 같았다.

"그렇게 누워만 있다가는 걷는 것도 힘들어질 거야."

루돌프는 대답이 없었다. 잘 웃고 말이 많았는데 이제 마음도 다리처럼 굳어 버린 것 같았다.

　다음 날부터 작은 셋째는 벽 타는 연습을 했다. 밤이 어
두워지면 먹을 것을 찾으러 나갔고, 운이 좋아 먹을 것을
구하면 루돌프에게 가져다주었다. 그리고 나서는 새벽까지
쭉 벽을 올랐다. 하지만 고양이를 피해 달아났을 때와 달
리, 벽을 타는 것은 만만한 일이 아니었다.

　결국 작은 셋째는 며칠 만에 벽 타는 일을 그만두고 싶었
다. 핑곗거리는 많았다. 먹은 게 없어서 힘이 없다거나, 아
픈 루돌프를 돌봐야 한다거나, 먹을 걸 더 구해야 해서 시
간이 없다거나 같은 이유를 대면 그만이었다. 하지만 그
럴 수는 없었다. 벽을 타는 일을 그만두면 다시 예전의 무
기력한 모습으로 돌아갈 것이 뻔했다. 그때는 영영 일어설
수 없으리라는 걸 알아서였다.

　마음을 다잡은 작은 셋째는 고양이를 피해 달아나던 때
를 떠올렸다. 죽기 살기로 벽을 오르던 그때…… 결국 그
힘도 자기 안에서 나온 거란 생각이 들었다. 믿고 연습하
면 달라질 거라는 확신이 들었다.

　'서두르지 말고 천천히! 한 발짝 한 발짝……. 오늘은 어

제 올랐던 만큼에서 조금만 더!'

작은 셋째는 날마다 그렇게 되뇌며 첫발을 떼었다. 그러면 조급했던 마음이 가라앉고 머릿속이 맑아졌다. 몸도 가벼워지는 것 같았다.

그러는 사이 작은 셋째의 몸은 나날이 달라졌다. 물렁했던 배는 움푹 꺼져서 살 한 점이 없고, 네 다리는 딴딴한 근육이 붙어 날렵해 보였다.

어느 날, 진이 다 빠져서 돌아온 작은 셋째를 루돌프가 물끄러미 바라보았다.

"안 자고 있었네?"

루돌프의 얼굴을 마주한 순간 작은 셋째는 깜짝 놀라고 말았다. 고통스러울 때 짓는 표정이 그대로 굳어 버린 것 같았다. 작은 셋째는 일부러 큰 소리로 떠들어 댔다.

"내가 오늘 몇 층까지 올라간 줄 알아? 오 층이야. 굉장하지!"

"응."

미소를 지으려고 했지만 루돌프 얼굴은 이상하게 더 찡그려지고 말았다. 작은 셋째는 목이 메어서 고개를 돌렸다.

"날마다 그렇게 벽만 탈 거면, 네 이름을 아예 '벽을 타는'으로 하는 게 어때?"

루돌프가 비웃으며 한 말이지만, 작은 셋째는 오랜만에 루돌프 기분을 맞춰 주고 싶었다. 작은 셋째는 루돌프 다리에 자기 다리를 올리고 건들건들 흔들며 주물러 주었다.

"어쩜 그런 생각을 다 했어? 좋아, 그럼 지금부터 나를 '벽을 타는 생쥐'로 불러 줄래?"

루돌프는 어이없다는 듯 피식 웃고 말았다.

그날도 먹을 것을 구해서 집으로 돌아오는 길이었다. 뭔가가 휙 어두운 그림자를 만들며 집 앞에서 얼쩡거렸다. 작은 셋째는 눈을 커다랗게 뜨고 주위를 살폈다. 야옹, 고양이 울음소리가 들렸다. 언제부턴가 고양이 울음소리가 자주, 가까운 곳에서 들려왔다. 아무래도 저번에 화단에서 마주친 뒤로 고양이가 근처에서 작은 셋째를 노리고 있는 것 같았다.

작은 셋째는 루돌프에게 늦은 저녁을 차려 주고 집에서 다시 나왔다.

"다녀올게."

작은 셋째를 보는 루돌프의 눈이 유난히 퀭해 보였다. 그날따라 작은 셋째의 발이 떨어지지 않았다.

"다리가 빨리 나아야 할 텐데. 그러면 같이……."

루돌프는 목에 건 은 목걸이를 만지작거리기만 할 뿐 별말이 없었다. 작은 셋째가 돌아서려는데 루돌프 목소리가 들렸다.

"사실은…… 네가 벽을 타고 오르는 거 찬성이야."

작은 셋째는 기쁜 마음에 루돌프에게 다가갔다.

"정말?"

"네가 달라 보였거든. 지쳐서 돌아올 때…… 특히 더 그랬어. 나한테 너 같은 친구가 있다는 게 자랑스러워. 어디가서 자랑할 데는 없지만."

"크크, 그랬어? 다음번엔 내가 널 업고 벽을 탈게. 할 수 있을 거야. 내가 힘이 세졌거든."

"말은 고맙지만 사양할게. 내 운명을 네 등에 맡기고 싶진 않아서 말이지."

루돌프가 싱긋 웃었다. 작은 셋째는 루돌프의 대답이 마음에 들었다. 루돌프다웠다.

"그럼 다리가 다 나으면 뭐든 해봐. 나도 자랑스러운 친구 좀 갖자."

"응, 좋아."

루돌프가 환하게 웃었다.

"일찍 올게."

그렇게 말하고 작은 셋째는 밖으로 나왔다.

8. 새벽, 옥상에서

어둠뿐이던 주위가 차츰 환해지는 게 느껴졌다. 작은 셋째는 거친 숨을 몰아쉬었다. 새벽이 오고 있었다.

작은 셋째는 입술을 앙다물며 저 위를 올려다보았다. 이제 조금만 가면 더 이상 올라갈 곳이 없는 곳에 도착할 거였다. 바로 아파트 옥상이었다.

옥상에서 보는 세상은 또 얼마나 멋질까. 작은 셋째는 고개를 돌려 보고 싶은 걸 잘 참아낸 자신이 대견해서 슬그머니 미소를 지었다.

"다 왔다!"

작은 셋째가 옥상 위로 막 올라설 때였다. 시커먼 그림자가 앞을 가로막는 바람에 작은 셋째는 중심을 잃고 말았다.

"으악!"

다행히 작은 셋째의 앞발 하나가 가까스로 옥상 난간을 붙잡았다.

"휴우."

가슴을 쓸어내린 작은 셋째의 눈에 인간의 모습이 보였다. 인간도 적잖이 놀랐는지 가슴에 손을 올린 채 가만히 서 있었다. 난간에 매달린 작은 셋째의 몸이 대롱대롱 흔들렸다. 발가락만으로 지탱하기에 작은 셋째의 몸은 너무나 무거웠다.

아파트 20층에서 떨어지면…… 죽는…… 건가. 내가 안 돌아가면 루돌프가 걱정할 텐데. 엄마 아빠 형제들도 이제 영영 볼 수 없겠지.

짧은 순간 작은 셋째의 머릿속으로 오만가지 생각들이 스쳐 지나갔다.

더 이상 버티기 힘들 것 같았다. 작은 셋째는 질끈 눈을 감았다.

그 순간, 작은 셋째의 엉덩이 밑을 뭔가가 받쳐 주는 것 같더니, 몸이 위로 훌쩍 들어 올려졌다.

"아아아악!"

'죽은 건 아닌 것 같은데, 뭐지?'

엉덩이와 맞닿은 부분이 딱딱했다. 작은 셋째는 눈을 뜨고 주변을 두리번거렸다. 여자 인간이 보였다.

'이 인간이 날 구해 준 건가?'

작은 셋째는 어리둥절한 표정으로 눈앞의 여자 인간을 마주 보았다. 뿔테 안경을 쓴 여자 인간은…… 확실히 어린이는 아니었다. 그렇다고 어른도 아닌 것 같았다.

여자 인간이 꼼짝 않고 앉아 빠르게 오르락내리락하는 작은 셋째의 가슴을 물끄러미 바라보았다. 작은 셋째의 마음이 진정되길 기다려 주는 것 같았다. 여자 인간이 작은 입을 옴질거리며 말했다.

"아슬아슬했어, 너……."

여자 인간의 목소리가 갈라져 나왔다. 여자 인간이 큼큼, 헛기침을 하며 목을 가다듬었다. 작은 셋째는 몸을 일으켰다. 네 발이 후들거렸지만, 아무렇지도 않은 척 큰소리를 쳤다.

"난 괜찮아. 멀쩡하다구."

여자 인간이 작은 셋째의 말을 알아듣기라도 한 것처럼 고개를 까딱했다. 그러더니 벌떡 일어나 옥상 난간 밖으로 몸을 내밀었다.

"조심해. 그러다 떨어지겠어."

작은 셋째는 쪼르르 여자 인간 곁으로 다가갔다. 여자 인간이 그런 작은 셋째를 힐끔 보고 나서 고개를 들어 먼 곳을 바라보았다.

작은 셋째도 여자 인간처럼 먼 곳을 보았다. 땅에서만 살았다면 절대로 보지 못했을 풍경이 눈앞에 펼쳐져 있었다. 새벽녘, 아찔하게 아름답고 고요한 모습이었다.

여자 인간이 손을 들어 저 멀리 어딘가를 가리켰다. 여자 인간의 손가락 끝에 가느다랗게 솟은 타워가 보였다.

"여기서 보는 라라타워가 제일 좋아."

응? 라라타워라고?

라라타워는 아파트 옥상보다, 들쭉날쭉한 건물들보다 훨씬 높은 곳에 있었다. 하늘을 향해 뭐라고 손짓하는 것처럼, 소리치는 것처럼 보였다. 여자 인간의 말대로 이곳에서 보는 라라타워는 멋져 보였다.

저렇게 높은 곳에서 세상을 보면 어떤 기분일까. 작은 셋째는 궁금한 생각이 들었다.

"안녕, 라라타워야! 잘 지내니? 난…….."

여자 인간이 말을 멈추고 가만히 있었다.

작은 셋째는 저 멀리, 한곳을 오랫동안 바라보는 여자 인간에게 왠지 마음이 갔다. 그래서 루돌프에게 돌아가는 대신, 여자 인간 옆에서 좀 더 시간을 보내기로 했다.

"저기까지 가려면 고생깨나 하겠는걸."

바람이 불었다. 작은 셋째의 목덜미 사이사이를 지나는 것으로는 부족했는지, 가슴속까지 뻥 뚫리게 만드는 깊고 세심한 바람이었다.

"아!"

작은 셋째는 뒷발에 힘을 주고 일어나 앞발을 옆으로 쫙 펼쳤다. 바람이 더 깊숙하게 안겨 왔다. 저절로 고개가 뒤로 젖혀졌다.

지하실에서 살았던 작은 셋째에게 바람은 날 수 없는 새처럼 생동감이 하나도 느껴지지 않는 무엇이었다. 하지만 지금, 온몸으로 마주하는 바람은 저 높은 하늘을 가로지르는 독수리의 날갯짓처럼 자유로운 무엇이었다.

작은 셋째는 바람이 좋고 좋았다. 곁눈질로 보니, 여자 인간도 얼굴을 젖히고 양팔을 벌리고 서 있었다. 말하지 않아도 서로 통하는, 바람을 느끼기에 더없이 안성맞춤인 자세였다.

여자 인간의 머리털이 기다랗게 바람에 흩날렸다. 바람을 따라가겠다고 바람 끝을 잡고 매달리는 것 같았다. 안 돼, 하듯 여자 인간이 머리털을 잡아당겼다. 작은 셋째는 그런 여자 인간의 긴 머리털을 유심히 보았다.

"어?"

여자 인간이 놀란 표정으로 작은 셋째를 내려다보았다. '아직도 거기 있었어?' 하는 얼굴이었다.

"나한테도 긴 머리털이 있었으면 좋겠다. 그럼 기다란 머리털을 바람에 날리면서 흔들흔들 춤을 출 텐데."

그렇게 말하면서 작은 셋째는 엉덩이를 살짝 흔들었다.

"내가……."

여자 인간이 작은 셋째를 향해 천천히 손을 뻗었다. 작은 셋째는 안 놀란 척 가만히 있었다. 여자 인간의 가느다란 손가락 하나가 작은 셋째의 머리에 살짝 닿았다가 떨어졌다.

"내가 너 살렸다!"

여자 인간이 한숨처럼 내뱉은 말이었다. 작은 셋째는 "그래, 고맙습니다!" 하고 대답했다. 하지만 곧 억울한 생각이 들어서 소리쳤다.

"내가 누구 때문에 그렇게 된 건데!"

뿔테 안경 속 작은 눈이 위로 휘어졌다. 웃으니까 얼굴이 더 앳돼 보였다.

"나 오늘……."

여자 인간이 입을 벌렸다가 다물어 버렸다. 그리고 또 가만히 있었다. 그러더니 갑자기 자기 팔로 얼굴을 가리고 고개를 숙였다. 추워서 그런가? 작은 셋째는 여자 인간의 얼굴을 보려고 요리조리 움직였다. 여자 인간의 얼굴은 두 팔 속에 감춰져서 볼 수가 없었다.

땀이 바람에 다 마르고 나니까, 오소소 한기가 느껴졌다. 땀이 나게 달리기나 해 볼까. 작은 셋째는 옥상 저쪽 끝까지 몇 번을 달리고 또 달렸다. 하늘 밑에서 달리는 건 눈밭에서 달리는 것과 또 달랐다. 그러고 보니 하늘이 훤히 보이는 옥상에서 사는 것도 괜찮을 것 같았다. 하지만 루돌프는 그럴 수 없었다.

"좋긴 하지만, 어쩔 수 없지."

옥상 끝을 따라 곡선을 그리며 달리는데 여자 인간이 고개를 드는 것이 보였다. 작은 셋째는 뭔가를 찾는 듯 두리번거리는 여자 인간의 눈길 안으로 빠르게 달려갔다. 여자 인간의 눈가가 빨갰다.

작은 셋째가 물었다.

"울었어? 너도 가족이랑 헤어진 거야?"

여자 인간은 작은 셋째를 보기만 할 뿐 말이 없었다. 작은 셋째는 탐험가가 그랬던 것처럼 여자 인간을 위로해 주고 싶었다.

"괜찮아. 괜찮아질 거야."

문득 너무 오랫동안 루돌프를 혼자 있게 했다는 생각이 들었다. 빨리 가서 옥상에 올라온 얘기를 들려주고 싶었다.

"만나서 반가웠어. 난 이만 가 봐야 해서."

여자 인간이 똘망똘망한 눈망울로 작은 셋째를 쳐다보았

다. 여자 인간의 목소리가 들렸다.

"고마워. 덕분에…… 살고 싶어졌어."

작은 셋째는 여자 인간이 무슨 말을 하는지 알 수 없었다. 사는 일이 살고 싶다고 살고, 죽고 싶다고 죽어지는 건가. 죽음의 방향으로 그냥 살아갈 뿐이지.

작은 셋째는 뒤로 엉금거리며 내려가다가 여자 인간에게 인사말을 건넸다.

"안녕."

작은 셋째는 자기가 한 짧은 인사말이 만족스러웠다.

여자 인간이 고개를 빼꼼히 내밀고 비스듬한 수평 방향으로 움직이면서 조금씩 아래로 내려가는 작은 셋째를 지켜보았다. 작은 셋째의 발이 미끄러지는가 싶으면 위에서 낮게 신음 소리가 들려왔다.

땅 위로 내려선 작은 셋째는 위를 올려다보았다. 옥상 끝으로 여자 인간의 둥근 머리가 보였다가 사라졌다. 작은 셋째는 지하실을 향해 달음박질쳤다.

9. 사라진 루돌프

"루돌프! 루돌프! 내가 오늘 어디까지 올라간 줄 알아?"

작은 셋째는 신이 나서 지하실로 내려가는 계단부터 소리를 지르며 루돌프를 찾았다. 루돌프가 일어나서 앞니를 닦을 시간이었다.

"루돌프?"

루돌프가 항상 웅크리고 있던 곳에 루돌프가 없었다. 자세히 보니 루돌프가 평소에 앉아 있던 두툼한 종이 상자가 앞으로 밀려 나와 있었다. 그리고 저만치에 떨어져 있는 은 목걸이……

작은 셋째의 가슴이 철렁 내려앉았다.

"장난치지 말고 빨리 나와. 재미없어……."

작은 셋째는 괜히 목소리를 높였다. 작은 셋째는 불길한 생각을 애써 몰아내며 주위를 살폈다. 그리고 루돌프가 있을 만한 곳을 찾아다녔다. 하지만 가구들이 뒤엉켜서 만들어진 작은 공간이며, 잡다한 물건들이 쌓인 틈 사이를 아무리 둘러봐도 루돌프는 보이지 않았다.

"루돌프……."

머릿속이 하얗게 비워진 것처럼 아무 생각도 나지 않았다. 작은 셋째는 그 자리에 털썩 주저앉았다. 그러다 혹시 늦게까지 오지 않은 자신을 찾으러 루돌프가 밖으로 나간 건 아닐까, 하는 생각이 들었다.

작은 셋째는 헐레벌떡 밖으로 나왔다. 계단을 다 올라 두리번거리는데, 어디선가 기척이 느껴졌다. 화단 구석에 웅크리고 있는 고양이가 보였다. 작은 셋째는 이를 악물었다.

"나를 기다리고 있었구나."

고양이는 대답하지 않았다. 클클클, 낮은 소리로 웃음을 흘릴 뿐이었다. 작은 셋째는 발가락에 힘을 주고 전속력으

로 내달렸다.

뒤에서 고양이가

쫓아오는 소리가 들렸다.

헉헉, 아파트 베란다 난간 위로 올라간 작은 셋째는 아래를 내려다보았다. 그 순간 거짓말처럼 작은 셋째의 눈앞에 1140 쓰레기차가 보였다. 그렇게 기다릴 때는 안 오더니.

작은 셋째는 복잡한 표정으로 아파트 단지를 돌며 쓰레기를 모으는 1140 쓰레기차를 지켜보았다. 마지막으로 109동 앞에 있는 쓰레기통이 덜그럭거리며 쓰레기차 꽁무니에 쏟아졌다.

작은 셋째는 베란다 쪽으로 뻗어 있는 나뭇가지 위로 올라갔다. 난간까지 쫓아온 고양

이가 이번에는 작은 셋째가 올라탄 나뭇가지를 잡으려고 앞발을 휘저었다.

작은 셋째는 몸을 날려 땅으로 내려섰다. 그리고 1140 쓰레기차를 향해 내달렸다.

"나는 간다, 망할 놈의 고양이……."

쓰레기차에 올라탄 작은 셋째는 고개를 돌려 아파트를 보았다. 마지막 인사라도 하는 듯 아파트 벽들이 쿨렁쿨렁 몸을 흔들었다.

쓰레기차는 아스팔트 위를 달렸다. 옆에 루돌프가 있는 것 같아서 고개를 돌렸더니 아무도 없었다. 혼자였다. 그제야 발가락에 쥐고 있던 루돌프의 은 목걸이가 눈에 들어왔다.

사랑스러운 루돌프…… 미안해. 나 때문이야.

뒤늦게 울음이 터져 나왔다. 보기 흉하게 입이 벌어지고 아주 조금 눈물이 났지만, 이상하게 소리가 나지 않는 그런 울음이었다.

10. 다시 찾은 목련아파트

작은 셋째는 아파트 단지와 쓰레기 산을 오가며 1140 쓰
레기차 위에서 며칠을 보냈다. 쓰레기차가 움직이면 다음
번에는 내려야지, 하면서도 정작 멈춰 서면 머뭇거리기만
할 뿐이었다. 그러다 정신을 차리고 보면 쓰레기차 위에서
매운 연기를 마시고 있었다. 작은 셋째는 이러지도 저러지
도 못하는 자신이 너무나 한심해서 가슴을 퍽퍽 쳐 댔다.

그럴 때면 작은 셋째는 탐험가를 생각했다. 오늘은 안 오
겠지. 실망하고 싶지 않아서 그렇게 마음을 다잡던 날에도
벽을 타고 올라와 작은 셋째를 보고 갔던 그때……. 탐험
가는 어떤 마음이었을까.

모처럼 따뜻한 햇살이 쏟아졌다. 1140 쓰레기차가 아파트 오르막길에 가볍게 올라섰다. 입구 오른쪽에 커다란 벚나무가 서 있었다. 가지를 늘어뜨린 나무 밑에 기다란 의자가 놓여 있고 그 위에 늙은 인간들이 모여 있었다.

작은 셋째의 눈이 커졌다. 여기는?

"우아!"

작은 셋째의 입에서 함성이 터져 나왔다. 작은 셋째는 미련 없이 쓰레기차에서 뛰어내렸다. 작은 셋째가 그렇게 그리워했던 곳, 목련아파트였다. 작은 셋째는 너무 기뻐서 그 자리에 서서 만세를 불렀다.

"만세! 만세! 내가 집에 왔다!"

작은 셋째는 넓은 주차장을 가로질러 202동을 향해 달렸다.

엄마는 202동 벽을 올려다보며 작은 셋째와 형제들에게 이렇게 말했다. 오리 두 마리가 있어. 한 마리가 앞장서고 뒤에 한 마리가 따라가. 그 사이에 뭐가 있을까? 딩동댕! 맛있는 음식이지. 엄마 아빠가 자식들 주려고 주머니가 불룩하게 음식을 담아서 집에 가는 길이야. 혹시 길을 잃더

라도 요 모양 보고 찾아와야 한다. 알았지?

어디서 힘이 나는지 네 발이 그렇게 가벼울 수가 없었다. 202동 지하로 내려가던 작은 셋째는 갑자기 계단 중간에 멈춰 서서 자기 몰골을 내려다보았다. 깡마르고 냄새나고 더럽고…… 볼품없는 모습이었다. 작은 셋째는 앞발에 침을 묻혀 정성스레 얼굴을 닦았다.

"됐다!"

작은 셋째는 훌떡훌떡 남은 계단을 빠르게 내려갔다. 가족들을 만나면 내가 얼마나 벽을 잘 타는지 보여 줘야지. 엄마는 나를 보고 울음을 터트릴 거야. 그럼 엄마를 꼭 안아 줘야지. 아빠는 옆에서 큼큼, 헛기침을 하겠지. 사실은 울고 싶은 걸 꾹 참느라고 말이야.

작은 셋째는 비어져 나오는 웃음을 참으며 마지막 힘을 냈다. 저 문 너머에 그리운 가족들이 있다! 야호!

"엄마! 아빠! 어?"

아무도, 아무것도 없었다. 막 청소를 끝낸 것처럼 바닥에 물기가 남아 있고 진한 소독 냄새가 풍겼을 뿐. 여기저기 잡동사니 물건들이 쌓여 있어서 숨바꼭질하기 좋았고, 너풀거리는 거미줄을 뒤집어쓰면서 장난치기 좋았던 우리 집

이 말끔하게 치워진 것이다.

"하!"

다리에 힘이 풀린 작은 셋째는 그 자리에 풀썩 주저앉
았다.

작은 셋째에게는 돌아갈 집이 있었다. 언제 떠올려도 마
음이 따뜻해지는 곳, 웃음 짓게 만드는 곳, 사랑하는 가족
들이 있는 곳. 하지만 지금은…… 없어졌다. 혼자였다.

202동 앞 화단에 숨은 작은 셋째는 혼란스러웠다. 가족
들한테 무슨 일이 있었던 걸까. 모두 무사할까. 이제 어떻
게 해야 하나.

"누군데, 여기서……."

작은 셋째는 벌떡 일어났다. 유난히 눈이 작은 어른 쥐가
자기를 보고 있었다.

"아니, 너…… 202동 지하에 살았던 생쥐 부부의……."

작은 셋째는 얼른 눈가를 훔치고 눈이 작은 어른 쥐를 자
세히 보았다.

"이제 어른이 다 됐구나. 몰라보겠어."

작은 셋째의 두 눈이 휘둥그레졌다. 옆 동에 살던 동네

아저씨였다. 아빠와는 어렸을 때부터 친구 사이여서 작은 셋째의 집에도 자주 놀러 오곤 했던…….

"아저씨!"

작은 셋째는 달려가서 아저씨를 얼싸안았다. 마치 아빠를 만난 것처럼 반가웠다.

"아저씨, 우리 가족들은 어디로 갔어요? 그동안 무슨 일이 있었던 거예요?"

작은 셋째를 끌고 화단 깊숙한 곳으로 숨어 들어간 아저씨가 해 준 말은 대강 이랬다.

엄마 아빠는 작은 셋째의 소식을 탐험가에게 듣고 슬픔에 빠졌다. 탐험가는 매일 작은 셋째의 소식을 전해 주었다. 그러던 어느 날 탐험가가 와서 한다는 말이, 작은 셋째가 사라졌다는 것이었다. 감쪽같이 사라져서 찾을 수 없을 것 같다고. 함께 있던 햄스터도 사라졌다고. 크게 낙심한 엄마 아빠는 작은 셋째를 찾아 헤맸다. 아저씨를 비롯한 이웃 쥐들이 엄마 아빠를 보고 남은 자식을 생각해야지, 하며 타일러도 보고 화도 내 봤지만 소용없었다. 그러다 사건이 터지고 말았다. 막내가 사고를 당한 것이다. 다행히 죽을 고비를 넘겼지만, 그 일로 충격을 받은 엄마 아빠는 그 뒤로는 남은 자식들을 돌보는 일에 최선을 다했다. 그러다 알 수 없는 이유로 지하실이 깨끗하게 청소되었고, 엄마 아빠는 급하게 다른 곳으로 떠날 수밖에 없었다. 혹시 몰라 벽 한쪽에 편지를 써 놓았지만, 어찌나 독한 약을 써서 청소했는지 몽땅 지워지고 말았더라는 얘기였다.

얘기를 다 들은 작은 셋째의 눈에서 주르륵 눈물이 흘렀다. 아저씨는 그런 작은 셋째가 안쓰러워 보였는지 어깨를 토닥여 주었다.

"우리 집에 가서 쉬었다 가려무나. 우리도 곧 이사를 가야 할 형편이지만……."

아저씨 집에서 하루를 보낸 작은 셋째는 한사코 말리는 아저씨에게 인사를 하고 밖으로 나왔다.

"너희 부모님이 오면 소식 전해 주마. 잘 있더라고. 그래, 앞으로 어쩔 생각이냐?"

"먼 미래까지는 모르겠어요. 하지만 지금 하고 싶은 일은 있어요."

그렇게 말하면서 작은 셋째는 목에 건 루돌프의 은 목걸이를 만지작거렸다.

11. 내 이름은 바타

작은 셋째는 발가락을 까딱까딱하며 위를 올려다보았다. 멀리서 볼 때는 길쭉한 막대기처럼 보이더니 가까이에서 보니 거대한 원뿔 모양의 라라타워가 눈앞에 버티고 있었다. 다행히 위로 갈수록 좁아지는 형태여서 비스듬한 벽면을 타고 오르면 될 것 같았다.

문제는 바람이었다. 며칠을 달려서 도착했지만, 거세진 바람 때문에 아무것도 못 하고 하루를 꼬박 기다려야 했다. 어쨌든 바람은 좋은 것이지만 너무 강할 때는 두려운 존재이기도 했다. 지금이 딱 그랬다. 작은 셋째의 작은 몸을 낙엽처럼 날려 버릴지도 몰랐다.

다행히 밤이 되자 바람이 잦아들었다. 언제나 그랬듯 작은 셋째는 네 발바닥에 후우, 입김을 불고 나서 몸을 한껏 움츠렸다.

"아자! 아자!"

작은 셋째는 입을 앙다물고 위로 힘껏 뛰어올랐다. 작은 셋째의 몸이 라라타워에 찰싹 달라붙었다. 얼음처럼 찬 기운이 발바닥을 타고 올라왔다.

작은 셋째의 발은 거침이 없었다.

따닥따닥 따닥따닥.

타워를 오르는 작은 셋째의 발소리가 주위에 울려 퍼졌다. 어느덧 중간쯤 올랐을 때였다. 어디선가 쌔애앵 바람이 불어왔다.

작은 셋째는 자세를 바짝 낮추고 발바닥에 힘을 주었다. 까딱했다가는 저 아래로 떨어지고 말 것 같았다.

"으으."

바람이 어찌나 매섭게 휘몰아치는지 뼛속까지 얼어붙는 것 같았다. 어디선가 철겅철겅 요란한 소리를 내며 간판이 흔들리는 소리가 들렸다. 작은 셋째의 심장은 바람에 흔들리는 간판처럼 맹렬하게 헐떡거렸다.

‘여기서 그만두어야 할까?’

하지만 훈련으로 다져진 작은 셋째의 네 발은 다시 오를 준비를 하고 있었다. 작은 셋째는 호흡을 가다듬었다.

‘아니지, 그럴 순 없지.’

작은 셋째는 다시 타워를 오르기 시작했다. 문득 작은 셋째의 머릿속에 누군가가 바라보는 자신의 모습이 그려졌다. 거센 바람에 이리저리 몸이 흔들리면서도, 한 걸음 한 걸음 이를 악물고 바람을 가르며 벽을 타는, 시린 눈을 들어 저 위 타워 꼭대기를 바라보는 작은 생쥐 한 마리.

‘벽을 타는……’

언젠가 루돌프가 지어 준 이름이었다. 그때는 몰랐지만 작은 셋째한테 꼭 어울리는 이름이었다.

하지만 뭔가 아쉬웠다. 지금 자신한테 완벽하게 어울리는 이름을 갖고 싶었다.

바람을 가르며 벽을 타는……

‘오, 좋은데!’

하지만 ‘바람을 가르며 벽을 타는’은 너무 길었다. ‘목련 아파트 202동 지하에 사는 생쥐 부부의 열세 번째 아들’만큼은 아니지만 그래도 확실히 긴 이름이었다.

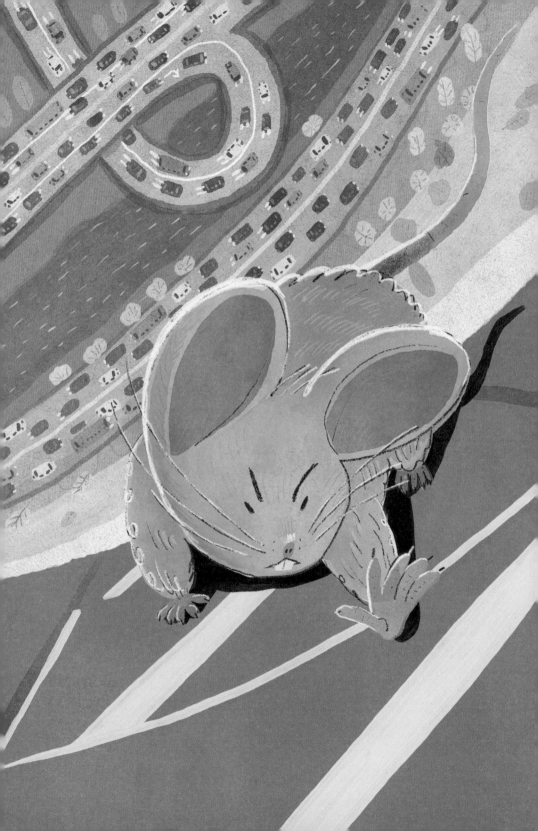

'그래, 줄여서 '바타'라고 하면 되겠다!'

바타! 정말 마음에 쏙 드는 이름이었다. 무엇보다 루돌프와 함께 지은 이름이어서 더 좋았다.

"어때? 너랑 내가 지은 이름이야."

작은 셋째는 루돌프가 옆에 있는 것처럼 경쾌하게 말했다. 그리고 조금 더 큰 목소리로 자기 이름을 불러 보았다.

"바타!"

순간 거짓말처럼, 밤마다 아파트 벽을 타고 올라왔던 탐험가의 마음을 알 것 같았다. 목숨을 걸고 올라와 작은 셋째를 만났던 이유…… 아파트 안에 갇힌 보잘것없는 생쥐한 마리가 그 자체로 귀한 존재가 되는 순간…… 작은 셋째에게 전해 주고 싶었던 그것…….

배 속이 뜨거워지면서 다시 힘이 났다. 아니, 힘을 내야했다.

난 소중한 존재니까.

여기서 포기할 수는 없었다.

그 뒤로 바타는 아무것도 생각하지 않았다. 고개를 들어 위를 볼 필요도 없었다. 가장 낮은 자세로 자기 안에서 가리키는 방향으로 나아갈 뿐이었다.

바타는 자기 자신만 믿고 의지했다. 더 이상 아무 소리도 들리지 않았다. 바람도 느껴지지 않았다. 마치 온 우주가 바타의 발걸음 하나하나에 집중하고 있는 것 같았다.

시간이 얼마나 흘렀을까. 바타는 끄응, 신음 소리를 내며 맨 꼭대기 층에 올라앉았다.

"휴우!"

땀을 씻겨 주는 바람이 시원하게 느껴졌다. 희뿌옇게 밝아오는 하늘 아래, 거대한 도시가 내려다보였다.

빼곡하게 들어앉은 수많은 건물과 아파트, 그 사이를 가로질러 흐르는 기다란 강, 저 멀리 겹겹이 포개진 산들, 그보다 먼 곳에서 느껴지는 붉은 아침의 기운, 가릴 것 하나 없이 확 트인 하늘……

"세상이 이런 곳이었구나!"

바타의 입에서 신음 소리 같은 감탄이 터져 나왔다. 내가 이 도시 속에 살았다니!

바타는 눈을 가늘게 뜨고 달려왔던 길을 되짚어 보았다. 아마도, 저기 어디쯤, 내 부모 형제들과 살았던 목련아파트가 있을 텐데. 봄이면 목련꽃을 하얗게 터트리던 목련 아파트가 눈에 선했다. 바타는 넋을 놓고 고개를 이리저리 돌려 거대한 도시의 한 지점 한 지점을 꼼꼼히 굽어보았다.

가족들과 함께 살던 지하실이 있는 곳.

할아버지가 사는 쓰레기 산이 있는 곳.

탐험가가 떠돌아다니는 곳.

루돌프가 살았던 곳…….

왠지 모르게 코끝이 찡해졌다. 동시에 바타의 몸을 이루는 세포 하나하나에서 힘이 나는 것이 느껴졌다. 누가 위로하거나 칭찬해 주어서가 아니었다. 저기 어딘가, 그곳에 가족들이 있어서였다. 매일 자신을 보러 와 주었던 탐험가가 있어서였다. 그리고 여전히 가슴 안에 살아 있는 루돌프와의 추억이 있어서였다. 거기에, 그들이 있어서 바타는 힘이 났다.

바타는 마지막 힘을 내서 라라타워 꼭대기에 루돌프의 은 목걸이를 걸었다. 그리고 뿌듯한 마음으로 그것을 올려다보았다. 루돌프, 마음에 들어?

눈부시게 밝은 해가 도시 저 너머에서 떠오르기 시작했다. 바타는 그제야 라라타워 맨 꼭대기까지 올라왔다는 사실이 실감 났다.

"아!"

바타는 쓰러지듯 타워에 등을 기댔다. 가진 힘을 모두 소진한 느낌이 들었다. 하지만 그래서 더 좋았다. 몸도 마음도 가벼워져서, 바람처럼 자유롭게 어디든 날아갈 수 있을 것 같았다. 살면서 처음으로 느껴 보는 기분이었다.

이제 막 떠오른 해는 도시에서 가장 높은 라라타워 꼭대기에 걸린 은 목걸이를 제일 먼저 비추었다. 그리고 바타의 이마와 눈두덩이, 콧등과 입과 턱을 지나 웅크린 네 다리까지 골고루 어루만져 주었다. 바타의 몸속으로 따뜻한 기운이 골고루 퍼져나갔다.

뒤늦게, 옥상에서 만났던 여자 인간이 떠올랐다. 바타는 벌떡 일어나 앞발을 높이 들고 힘차게 흔들었다. 어쩌면 그곳에서 지금 라라타워를 보고 있을지도 몰랐다. 긴 머리털을 바람에 날리며 미소 짓는 여자 인간의 모습이 바타의 눈에 선했다.

갑자기 허기가 졌다. 평소라면 쳐다보지도 않았을 푸성귀나 무른 과일 따위도 먹을 수 있을 것 같았다.

바타는 내려가기 전에 마지막으로 세상을 한 번 더 눈에 담았다. 아침 햇살을 받은 도시 전체가 잠에서 막 깨어날

준비를 하고 있었다.

"내려가 볼까?"

바타는 오를 때와 같은 자세로 라라타워 벽에 납작 엎드렸다. 미끄럼을 타듯 벽을 타고 쭉 내려갈 수 있을 것 같았다.

"야호오!"

라라타워 주변으로 바타의 신나는 외침이 오랫동안 울려 퍼졌다.